Bildermaus

Amelie Benn

Geschichten vom Einhornfohlen

Illustriert von Lisa Althaus

Loewe

Ihre Meinung zählt!

Nehmen Sie jetzt an einer kurzen Elternbefragung des Loewe Verlags teil und beeinflussen Sie die zukünftige Entwicklung unserer Kinderbücher:

www.elternbefragung.online

Unser Kinderbuch-Newsletter bietet alle Infos zu Neuerscheinungen und tollen Veranstaltungen, exklusive Gewinnspiele und vieles mehr!

Jetzt kostenlos abonnieren: *www.loewe-verlag.de*

Inhalt

Sternengold

Im 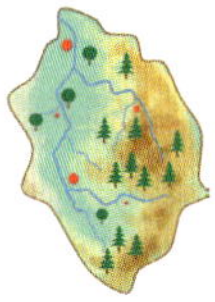 der  wächst das 

besonders hoch und die 

tragen die süßesten . Nachts

stehen unzählige  am .

Und immer wenn eine

herabfällt, wird im 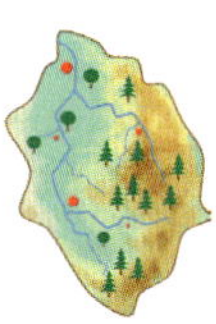 der 

ein  geboren.

In einer besonders sternklaren 

spürt die  der , dass

es wieder so weit ist. Sie lässt

alle  auf der großen 

zusammenkommen. Erwartungsvoll

blicken die  in den .

Ob wohl ein  zur  kommt? Und tatsächlich fällt eine  vom ! Da ruft ein : „Hier ist es! Zwischen den !“ Neugierig kommen die anderen  näher.

Im hohen  liegt ein kleines schneeweißes ! Es hat einen goldenen  auf der  – direkt über seinem 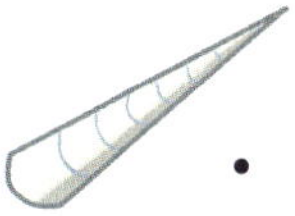. Das  gähnt und öffnet die .

„Wie soll es heißen?“, fragen

die  aufgeregt. Die  tritt

in den 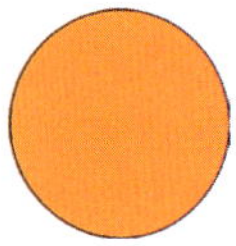 und verkündet: „Wir

werden es Sternengold nennen!“

Bald geht die  auf und nur noch

ein einziger  steht am .

Plötzlich fällt der  funkelnd herab. „Ein weiteres  ist zur  gekommen! Es heißt Silberherz!“, ruft die .

Die  schnauben staunend.

Nicht weit entfernt entdecken sie das neugeborene . In der aufgehenden  glänzt sein Fell silbrig. Neugierig tritt Sternengold an das  heran. Da holt Silberherz  und niest.

Sternengold hüpft erschrocken

rückwärts. Dann lacht das 

und stupst Silberherz freundlich

an. „Ich bin Sternengold und auch

heute  geboren worden."

Silberherz schaut Sternengold erst mit großen  an, dann lächelt er. Sternengold wird es ganz warm ums . „Von nun an sind wir für immer befreundet“, denkt das  und wiehert glücklich.

Das Seerosenfest

„Heute findet das  der  statt!“, ruft Sternengold und springt freudig im 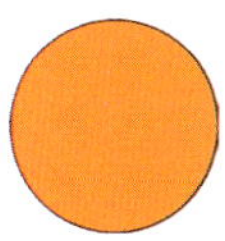 um Silberherz herum. Nur beim  der  erfährt ein , welche magische  es besitzt. Und Sternengold möchte unbedingt wissen, was sie kann!

„Vielleicht  zaubern?“, überlegt sie. „Und du?“ Doch Silberherz schüttelt den . „Ich möchte es heute noch gar nicht erfahren. Ich warte lieber noch bis zum nächsten “, sagt er.

Als die  mittags am höchsten steht, treffen sich alle  am . Die  sagt laut: „Willkommen zum  der ! Welches  möchte heute seine  erfahren?“

Sternengold bewegt nicht einen 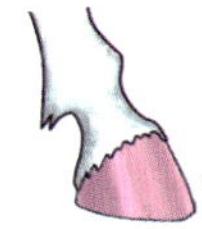.

„Was ist los?“, fragt Silberherz.

„Ich traue mich nicht“, flüstert

das . „Soll ich mitkommen?“,

fragt Silberherz. Sternengold nickt.

Sie gehen  an  zum .

Stolz wendet sich die  an Sternengold: „Geh ans  und halte dein 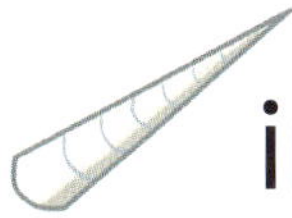 ins 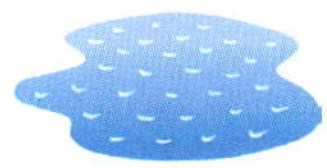! Wenn die große rosafarbene  aufgeht, bist du bereit.“ Sternengold trabt ans .

Nervös senkt sie ihr 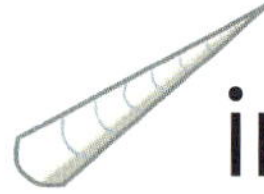 in den .

Alle warten gespannt. Als das 

aufblickt, ist die  erblüht. Laut

verkündet die : „Mit deiner 

kannst du  das erfüllen, was

sie sich von  wünschen.“

Sternengold ist überglücklich.

Die  schließt ihre  wieder.

Jetzt ist Silberherz dran. Auch bei

ihm blüht die  auf.

Und die  teilt ihm mit, dass er mit seinem 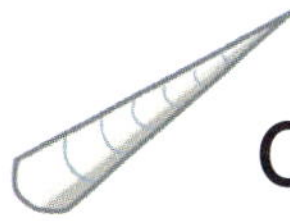 alles, was dunkel ist, erhellen kann.

Silberherz freut sich sehr. „Wie gut, dass du erst gezögert hast“, sagt er zu Sternengold. „Sonst wäre ich nicht mit zum  gegangen und hätte heute nicht von meiner  erfahren!“

„Ja, sei froh, dass du mich hast!“,

erwidert Sternengold grinsend.

Silberherz grinst zurück. Dann

feiern die beiden  mit den

anderen, bis der  aufgeht.

Die Kraft der Freundschaft

Sternengold liebt es, im  mit den glitzernden  zu baden. Heute strahlt die  heiß vom  und Sternengold beschließt, sich im  abzukühlen. Doch als sie ins  waten will, schreckt sie zurück.

Das  des  ist ganz dunkel! Kein einziger  ist mehr zu erkennen! „Oh nein! Ich muss etwas dagegen tun!“ Sie überlegt: „Vielleicht wird das  mit der  meines 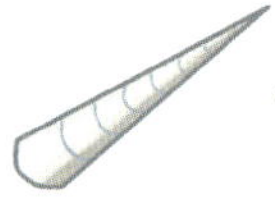 wieder klar?“

Sie schließt die , konzentriert sich und senkt das 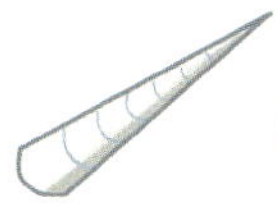 mutig in das dunkle 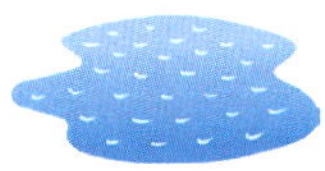. Doch als sie das 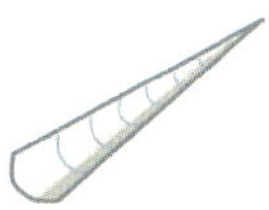 wieder aus dem 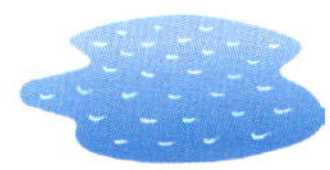 zieht und die  aufmacht, ist der  immer noch dunkel.

Sternengold zuckt besorgt mit

den . Dann fällt ihr plötzlich

etwas ein. Schnell galoppiert sie

zurück zu den anderen ,

die friedlich auf der  grasen.

Dort findet sie auch Silberherz.

„Du musst mit zum  kommen!“, ruft sie aufgeregt. Silberherz folgt Sternengold sofort in den . Als er den  sieht, versteht er sofort. „Dafür reicht meine  alleine nicht aus“, erklärt er.

„Los, wir versuchen es gemeinsam!“

Die beiden  kreuzen ihre 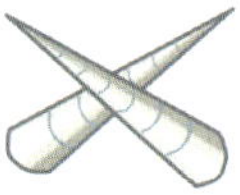

und senken sie gleichzeitig in das

dunkle 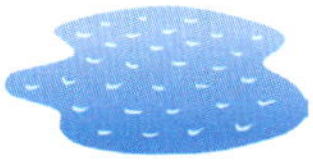. Beide 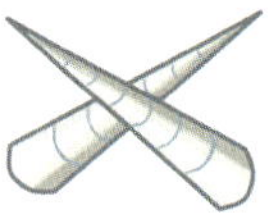 strahlen

hell auf.

Und der  wird sofort wieder kristallklar! „Zusammen schaffen wir alles!“, sagt Sternengold mit leuchtenden . Silberherz lächelt. „Alles“, antwortet er.

Der Herzenswunsch

Mila gähnt herzhaft. Es ist bereits spät und die ersten  funkeln am . Schnell zieht sie ihr  an und kuschelt sich ins . Ihr Papa schaut zu ihr ins , aber Mila schläft bereits. Mitten in der  wacht sie auf.

In ihrem  glitzert etwas. Mila reibt sich ungläubig die . An ihrem  steht ein schönes ! Über seinem silberglänzenden 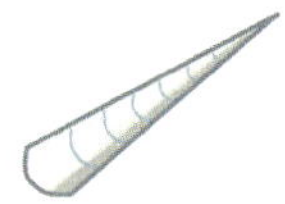 hat es einen goldenen  . „Ich heiße Sternengold“, sagt das .

„Ich bin heute  gekommen,

um dir das zu erfüllen, was du dir

von  wünschst.“ Sternengold

senkt den  und berührt Mila

mit der 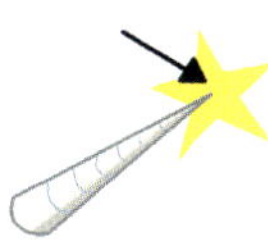 ihres 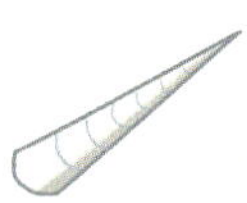. Auf

einmal strahlt es im .

So hell, dass Mila geblendet

die  schließt. Als sie die 

wieder aufmacht, ist das 

verschwunden und die  vorbei.

„Habe ich alles nur geträumt?“,

fragt sie sich.

Sie steht auf und geht die 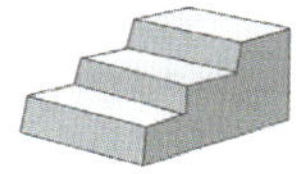

hinunter. Dann öffnet sie die 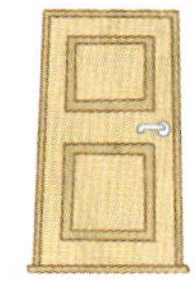

zum . Auf dem Tisch liegt

ein rosafarbener  mit einem

kleinen  darauf.

Papa kommt strahlend herein und

sagt: „Heute  kam das 

zur . Es ist ein ! Mama und

das  warten schon auf dich.“

Mila jubelt. „Danke, Sternengold,

du wunderbares !“, flüstert sie.

Die Wörter zu den Bildern:

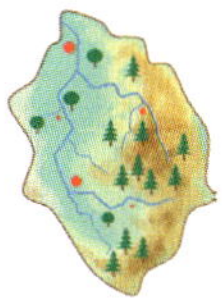
Land

Einhörner

Gras

Bäume

Früchte

Sterne

Himmel

Sternschnuppe

Einhornfohlen

Nacht

Königin

Lichtung

Welt

Kleeblätter

Stirn

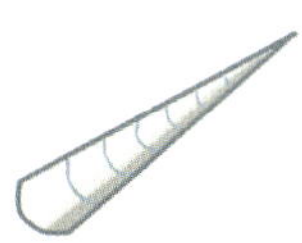
Horn

Augen

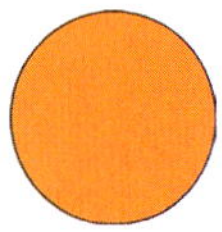
Kreis

Sonne

Luft

Herz

Fest

Seerosen

Kraft

Regenbögen

Kopf

See

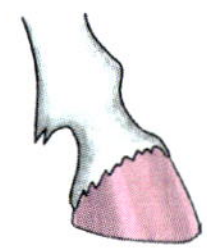
Huf

Schulter

Ufer

Wasser

Kinder

Blütenblätter

Mond

Bach

Kristalle

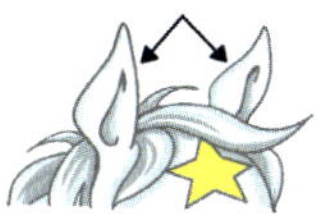

Ohren

Wiese

Wald

Nachthemd

Bett

Kinderzimmer

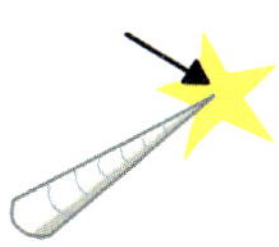

Spitze

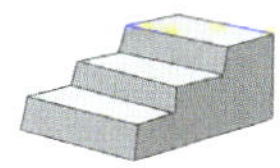

Treppe

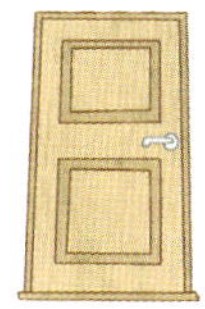

Tür

Wohnzimmer

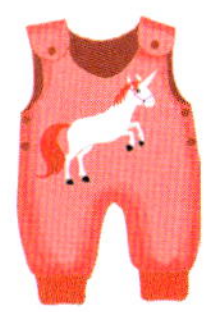

Strampelanzug

Baby

Mädchen

Amelie Benn wurde 1974 in Süddeutschland geboren. Während ihres Studiums lebte sie zeitweise in Nepal, Israel und England. Dort besuchte sie viele magische Orte und sammelte Ideen für ihre Geschichten. Heute lebt Amelie Benn mit ihrer Familie in der Schillerstadt Marbach.

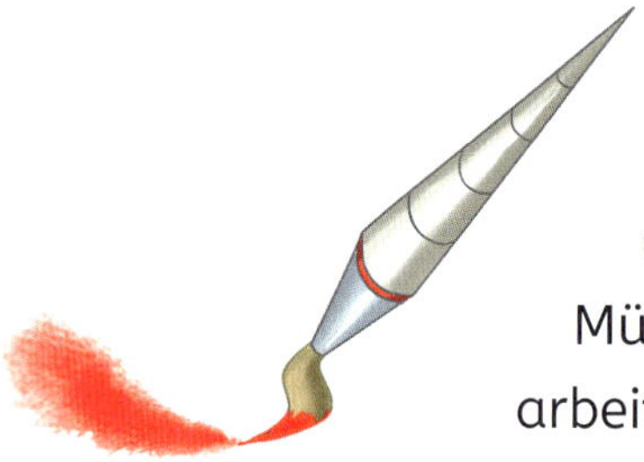

Lisa Althaus studierte an der Universität für angewandte Kunst in Wien und an der Akademie der Bildenden Künste in München. Sie wohnt in der Bodenseegegend und arbeitet als freie Künstlerin und Illustratorin.

Leselöwen LERNHILFEN

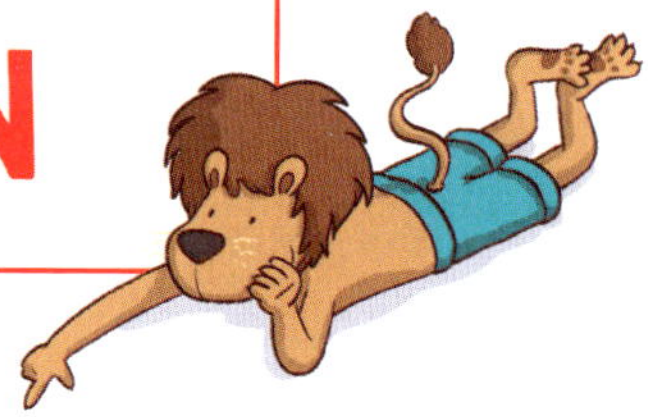

Erfolgreich durch die 1. Klasse

ISBN 978-3-7432-1580-1

ISBN 978-3-7432-1353-1

ISBN 978-3-7432-1354-8

Loewe
Das will ich lesen!

1. Klasse

Leselöwen

Erstes Selberlesen

Die Nr. 1 für den Lesestart

ISBN 978-3-7432-1506-1

ISBN 978-3-7432-1412-5

ISBN 978-3-7432-1435-4

ISBN 978-3-7432-1371-5

ISBN 978-3-7432-1568-9

ISBN 978-3-7432-1504-7

Loewe

Das will ich lesen!